청산아 너는 왜 말이 없이

국립중앙도서관 출판시도서목록(CIP)

청산아 너는 왜 말이 없이 / 지은이: 정완영. -- 양평군 : 시인생각, 2013
p. ; cm. -- (한국대표명시선100)

ISBN 978-89-98047-54-2 03810 : ₩6000

한국 현대시[韓國 現代詩]

811.7-KDC5
895.715-DDC21

CIP2013010580

한 국 대 표
명 시 선
1 0 0

정 완 영

청산아 너는 왜 말이 없이

시인생각

■ 시인의 말

내가 사는 석촌호수
창포꽃이 피는 날은

바람도 꼼짝 못하고
꽃만 보고 섰습니다

구름도 물속에 들어가
꽃만 보고 섰습니다

내가 사는 석촌호수
밤이 자꾸 깊어 가면

불빛도 물속에 들어가
잠자리를 본답니다

가끔씩 흔들립니다
아마 꿈을 꾸나 봅니다

—「내가 사는 석촌호수」

사천沙泉이 내 시선집을 엮는단다. 석촌호수 근처 찻집에서 우음偶吟한 수를 건넨다. 90평생 써온 시조에 이 말 밖에 더 있는가. 목숨이 다하는 날까지 시조를 놓을 수가 없다.

2013년 초여름
백 수 白水

■ 차 례 —— 청산아 너는 왜 말이 없이

시인의 말

1

2

3

4

5

1

조국

행여나 다칠세라 너를 안고 줄 고르면
떨리는 열 손가락 마디마디 에인 사랑
손닿자 애절히 우는 서러운 내 가얏고여.

둥기둥 줄이 울면 초가삼간 달이 뜨고
흐느껴 목 메이면 꽃잎도 떨리는데
푸른 물 흐르는 정에 눈물 비친 흰 옷자락.

통곡도 다 못하여 하늘은 멍들어도
피맺힌 열두 줄은 굽이굽이 애정인데
청산아, 왜 말이 없이 학처럼만 여위느냐.

—『채춘보』

고향 생각

쓰르라미 매운 울음이 다 흘러간 극락산極樂山 위
내 고향 하늘빛은 열무김치 서러운 맛
지금도 등 뒤에 걸려 사월 줄을 모르네.

동구 밖 키 큰 장승 십리벌을 다스리고
푸수풀 깊은 골에 시절 잊은 물레방아
추풍령 드리운 낙조에 한 폭 그림이던 곳.

소년은 풀빛을 끌고 세월 속을 갔건만은
버들피리 언덕 위에 두고 온 마음 하나
올해도 차마 못 잊어 봄을 울고 갔더란다.

오솔길 갑사댕기 서러워도 달은 뜨네
꽃가마 울고 넘은 서낭당 제 철이면
생각다 생각다 못해 물이 들던 도라지꽃.

가난도 길이 들면 양처럼 어질더라
어머님 곱게 나순 물렛줄에 피가 감겨
청산 속 감감히 묻혀 등불처럼 가신 사랑.

뿌리고 거두어도 가시잖은 억만 시름
고래등 같은 집도 다락 같은 소도 없이
아버님 탄식을 위해 먼 들녘은 비었더라.

빙그르 돌고 보면 인생은 회전목마
한 목청 뻐꾸기에 고개 돌린 외 사슴아
내 죽어 내 묻힐 땅이 구름 밖에 저문다.

—『채춘보』

사모곡思母曲

은장도 매운 한을
가슴 깊이 간직한 채

복숭아 환한 눈물
삼춘三春은 치천금値千金을

소쩍새 우는 밤이란
달도 무릴 쓰더이다.

옷고름 고이 접어
한숨일사 잠재우면

오동장롱 차곡차곡
수심도 향香이온데

추풍령 자락자락이
서리 앉아 타더이다.

청산은 생각 위에
생각을 포개두고

세월의 먼발치로
흘려보낸 낙화落花, 유수流水,

한 가람 창창한 뜻을
내가 미처 몰랐어라.

원願이야 은실머리
올올마다 풀어 이고

백일白日에 정좌正坐하신
맨발의 백발白髮 관음觀音

어머니, 어머니시여,
내 눈물의 모토慕土시여.

—『채춘보』

실일失日의 명銘

언젠가 경주엘 가서
보탑寶塔 앞에 생각해 봤네

푸른 꿈 천년을 입고도
오히려 법천法天이 더움은

한 자리 얻은 청산을
연꽃으로 누림이라고.

나는 진작 외롬 하나도
눈물 속에 터득攄得치 못하고

주어진 보배론 나날을
모래처럼 씹고 뱉았네

얻은 건 부실不實의 연年이요
잃은 것은 세화歲華인가.

살다보니 인생 한 육십
낭전囊錢만큼 세월도 썼네

세워둘 비碑돌도 없고
새겨야 할 명銘도 없건만

바릿대 하나 만큼씩
받아드는 이 하루.

—『실일의 명』

망산기望山記

살아도 또 살아도 인생은 외로움이랴
저 산도 세월이 많아 저리 지쳐 누웠는데
10월령十月嶺 억새풀만큼 내 백발도 피었고나.

아무리 높고 깊은들 산을 어이 따르랴만
범용凡庸한 마음을 달래 홀로라도 사노라면
해와 달 창창한 길에 나도 하나 한산寒山으로.

노처老妻며 여섯 아이며 대소군봉을 거느리고
정산頂山은 팔짱을 낀 채 하늘 밖에 물러앉아
시시로 수운愁雲을 감고 졸다 깼다 함이여.

어느 먼 물망勿忘의 땅에 유성 하나 지는 밤을
크낙한 성음聲音으로 거두어질 그 날에도
황홀한 핏줄을 감고 산맥으로 누우리라.

—『묵로도』

탑塔

이 세상 아무거로도 채울 수 없는 자리
그 누가 돌을 다듬어 탑이라고 섬겨놓고
눈멀 듯 사무친 정을 세월에다 부쳤고나.

영원과 수유須臾의 밖에 염좌念坐하여 홀로이어도
창망滄茫히 일륜日輪은 돌고, 제 그림잔 무거웁고
정 들어 탑엽塔葉을 치면 핀들 아니 흐를까.

가만히 귀녀기면 탑은 정녕 멍이외라
물 구름 불망不忘의 넋의 회청산懷青山 빽 빼꾸기
골골이 메아릴 불러 못을 박아 예노니.

—『채춘보』

울우鬱雨

인정도 길이 끊겼나 엽신葉信 한 장도 없는 날을
벌써 이레째 날 가두어 억수로 퍼붓는 비
울울鬱鬱히 막힌 가슴엔 젖을 비도 없건만.

7월도 음우陰雨에 지쳐 이대로 가고 말면
녹음은 드리무거워 장성長城보다 답다운데
만리에 가뭇이 앉아 사람 하나 병되겠다.

어느 날 산령山嶺을 넘어 우뢰雨雷도 낙마落馬하고
그 설운 청잣빛 끌고 회군回軍하여 올 하늘의
한잔 차 갈구渴求의 길의 이 달램을 아는가.

—『채춘보』

난蘭보다 푸른 돌

옛날엔 칼보다 더 푸른
난蘭을 내가 심었더니

이제는 깨워도 잠 깊은
너 돌이나 만져본다.

천지간
어여쁜 물소리
새 소리를 만져본다.

—『난보다 푸른 돌』

아침 한때

참 희한도 한 일이다
이도 가을의 몸짓일까

궁전宮殿만한 잠을 누리어
아침 꿈이 깊었더니

그 무슨 수런거림에
놀라 잠을 깨었다.

한 그릇 세숫물에도
가을은 와 닿는 건데

지난밤 귀를 적시며
영嶺을 넘던 서리하며

이 아침 쏟아져 오는
저 무리새 울음소리.

창을 열고 물 뿌리고
소세하고 뜰에 나리니

무너질 듯 무너질 듯이
물이 들어 장중莊重한 나무

그 너머 우람한 하늘이
빛을 쌓고 있어라.

가을 새 울음소리는
듣다 문득 놓치는 것,

저 동녘 원초原初의 불을
이끌어다 올려놓고

어느새 먼 산 숲으로
자리 뜨고 없고나.

—『채춘보』

채춘보採春譜 1

— **봄의 수인囚人**

까마득 겨울을 살고 볕살 속에 나와 서니
나는 봉발蓬髮의 수인囚人이 불사不死의 죄罪값으로
한 가슴 벅찬 새봄을 외려 선사 받누나.

— **여일麗日**

만 갈래 시름겨움도 타고 보면 아지랑이
동저고리 맨발이 좋아 밝은 사래 밟고 서면
마음은 씨롱 흔드는 마냥 종다리어라.

— **종달새와 할미꽃**

어젯밤 실실단비 산과 들을 다 적수고
새 아침 하늘 문 열고 종달새 비비비 읊은
저 언덕 할미꽃 하나 고개 들라 함이다.

— **환춘**歡春

한 치 땅 봄만 얻어도 사는 날이 즐겁고나
어여쁜 햇살의 자리 삐비처럼 목을 뽑으면
민들레 하나만큼의 환한 둘레, 내 둘레.

— **불각춘**不覺春

나는 불각不覺의 시인詩人 돌아앉아 귀먹었나
사려思慮 먼 성벽城壁 눈물로도 열리잖고
온 누리 만타萬朶의 봄은 시방 진陣을 치시네.

—『채춘보』

2

고향의 봄

1

장다리 고향
경부선 김천역서
북으로 한 이십 리

추풍령 먼발치에
외로 앉은 산마을 하나

지금쯤 장다리 밭에
묻혀 노오란 꿈이겠다.

2

산불
음 2월 가로질러 황악黃嶽
산불이 건너가면

주막집 토주土酒 사발에
마을 남정 목이 달고

시루봉 깨치는 장끼
새 솔빛이 돌더라.

3

죄 없어서
강남서 돌아온 제비
둥지 얽는 소망으로

흥부야 가난한 복
죄 없어서 꽃은 피고

시냇물 봇물이 넘쳐
날로 화창하더니라.

4

먼저 온 봄
16대十六代 한 산자락에
도래솔을 키워놓고

산 사람 죽은 사람이
등을 맞대 살던 마슬

우리게 양지받이엔
봄도 먼저 오더니.

5

앗아간 봄
산에는 진달래꽃
들에 말엔 복숭아꽃

우리네 한숨이지
그게 무슨 꽃이더냐

봄조차 고향의 봄은
절도絶島인양 아득테.

—『채춘보』

수수편편首首片片 1

— **낙화落花**

오시던 님의 길을
자리마다 채색彩色하고

꿈인 양 돌아간 날은
봄조차 비었는데

내 마음 무너진 성城터에
어지러이 지는 낙화落花.

— **소식**

너 온단 말만 듣고
휘늘어진 버들가지

온 골안 물소리는
쫙 펼쳐 든 합죽선合竹扇을

황학산黃鶴山 삼십 리 길이
강물로만 열린다.

— 뻐꾸기

통곡으로 쏟아버릴
인생人生도 내겐 없고

사는 날의 짜증인 양
밀보리만 타는 날을

해종일 덕 너머에서
울어예는 뻐꾸기.

—『채춘보』

감

그것은 아무래도 태양의 권속은 아니다.
두메산골 긴긴 밤을 달이 가다 머문 자리
그 둘레 달빛이 실려 꿈으로나 익은 거다.

눈물로도 사랑으로도 다 못 달랠 회향懷鄕의 길목
산과 들 적시며 오는 핏빛 노을 다 마시고
돌담 위 시월 상천上天을 등불로나 밝힌 거다.

초가집 까만 지붕 위 까마귀 서리를 날리고
한 톨 감 외로이 타는 한국 천녀의 시장기여,
세월도 팔짱을 끼고 정으로나 가는 거다.

—『채춘보』

부자상

사흘 와 계시다가 말없이 돌아가시는
아버님 모시 두루막 빛바랜 흰 자락이
웬일로 제 가슴속에 눈물로만 스밉니까.

어스름 짙어오는 아버님 여일餘日 위에
꽃으로 비쳐 드릴 제 마음 없아오매
생각은 무지개 되어 고향 길을 덮습니다

손 내밀면 잡혀질 듯한 어린제 시절이 온데
할아버님 닮아가는 아버님의 모습 뒤에
저 또한 그날 그때의 아버님을 닮습니다.

—『채춘보』

애모愛慕

서리 까마귀 울고 간
북천北天은 아득하고
수척한 산과 들은
네 생각에 잠겼는데
내 마음 나뭇가지에
깃 사린 새 한 마리.

고독이 연륜 마냥
감겨오는 둘레 가에
국화 향기 말라
시절은 또 저무는데
오늘은 어느 우물가
고달픔을 긷는가.

일찍이 너 더불어
푸르렀던 나의 산하
애석哀惜한 날과 달이
낙엽 지는 영嶺마루에
불러도 대답 없어라
흘러만 간 강물이여.

—『채춘보』

황국黃菊

그 숱한 고된 날들의 모닥불을 밟아 넘어
외론 맘 은선銀線 위에 한 하늘을 맑혀 놓고
시월도 고비 길에서 고여 오른 그리움.

사랑은 원무圓舞도 없이 잎이 지는 나달이야
큰 칼 쓴 내 청춘이 허수룩한 옷매무새
상심은 천리 먼 생각 가고 아니 오는구나.

한 자욱 돋우 밟아 높이 우는 밝은 향기
찬 별빛 가슴마다 서리에도 꿈은 더워
그것이 눈물이라도 피워야 할 황국화.

—『묵로도』

묵로도墨鷺圖

— 외로울 때면 대해 앉는 묵로도 한 폭이 내게 있다

갈대 한 잎이
천심天心을 견주었다.

어느 먼 세상 끝일까
외로 밟은 산그늘이

홀로 꿈 여윈 그림자
너 묵로墨鷺가 졸립고나.

동자瞳子가 맑힌 호심湖心
가다가만 구름도 멎고

연잎에 실린 금풍金風
귀로 외는 구추성九秋聲이여

어쩌다 희야 할 목숨이
먹물 입고 와 섰는가.

추서리면 나래깃에
몰려도 올 창공蒼空이련만

억새풀 서리밭에
낙월落月처럼 떨어졌나

내려선 상심傷心 한 자락
짚을 땅이 없던고.

너마저 날라 나면
가을이 또 놀라겠다

끊어진 퉁소소리
비수보다 아픈 밤은

별 아래 한 발을 접고
적막寂寞 줍고 섰거라.

—『묵로도』

대춘부待春賦

하루는 비가 오고
하루는 바람이 불고

애타는 실개천이
풀렸다가 조였다가

진실로 한 봄 오기가
이대도록 고되고나.

일찍이 사랑으로
미쁘던 이 동산에

은혜는 피를 먹여
상처마다 꽃 피우고

두견이 울음 터뜨릴
3월이야 오리라고.

하루는 볕이 쬐고
또 하루는 눈이 날리고

마침내 문이 열릴
크낙한 누리 앞에

무거운 목숨을 안고
고목처럼 지켜 섰다.

—『묵로도』

강

설움도 애정인 양
멍이 드는 가슴 안고

손짓하는 하늘 따라
울어 예는 연연한 강아

푸른 꿈 펼친 옷자락
거둘 길이 없구료.

갈수록 설레이는
허구한 나달이요

그 누가 엎질러 논
죄 모습의 거울 앞에

어룽진 굽이를 돌아
나 여기를 왔구나.

스스로의 목메임을
다스리는 인고忍苦런가

풋나무도 못 자라는
불모不毛의 유역流域에도

뉘우침 뉘우침처럼
돋아나는 민들레꽃.

— 『묵로도』

시암詩菴의 봄

내가 사는 초초艸艸 시암詩菴은 감나무가 일곱 그루
여릿여릿 피는 속잎이 청이 속눈물이라면
햇살은 공양미 삼백 석 지천으로 쏟아진다.

옷고름 풀어 논 강물 열두 대문 열고 선 산
세월은 뺑덕어미라 날 속이고 달아나고
심 봉사 지팡이 더듬듯 더듬더듬 봄이 또 온다.

— 『이승의 등불』

3

해바라기

보람에 지친 꽃이여 다 못타는 기다림이여
화경 같은 눈동자 감을 길 바이없어
샛노란 그리움만이 헛되이도 늙누나.

우러러 하늘에는 구름이 헤살졌고
파고드는 설움에 고개가 무거워도
학의 목 좇는 꿈길은 외줄기 길 무지개.

춘삼월 홧홧하던 허물어진 화초들은
차라리 벗어버린 청춘의 의상衣裳일레
너 홀로 돌고 돌아서 온 여름을 지켜라.

한 줌 흙 영토領土 위에 피어난 목숨이여
가난한 마음씨엔 외로움도 낙일런가
자잘굿 씨앗을 품고 기도祈禱처럼 서럽다.

—『묵로도』

직지사운直指寺韻

매양 오던 그 산이요 매양 보던 그 절인데도
철따라 따로 보임은 한갓 마음의 탓이랄까
오늘은 외줄기 길을 낙엽마저 묻었고나.

뻐꾸기 너무 울어싸 절터가 무겁더니
꽃이며 잎이며 다 지고 산날이 적막해 좋아라
허전한 먹물 장삼長衫을 입고 숲을 거닐자.

오가는 윤회輪廻의 길에 승속僧俗이 무에 다르랴만
사문沙門은 대답이 없고 행자는 말 잃었는데
높은 산 외론 마루에 기거起居하는 흰 구름.

인경은 울지 않아도 산악만한 둘레이고
은혜는 뵙지 않아도 달만큼을 둥그느니
문득 온 산새 한 마리 깃 떨구고 가노메라.

―『묵로도』

배 밭머리

배 밭머리 무논에서는 개구리들이 울고 있다
개굴개굴 개굴개굴 개구리들이 울고 있다
그 소리 배밭에 들어가 하얀 배꽃이 피어난다.

휘파람 휘파람 불며 배밭머릴 돌아가면
개구리 울음소리도 구름결도 잠깐 멎고
잊었던 옛 얘기들이 배꽃들로 피어난다.

—『백수 시선』

산이 나를 따라와서

동화사桐華寺 갔다 오는 길에
산이 나를 따라와서

도랑물만한 피로를
이끌고 들어선 찻집

따끈히 끓여 주는 차가
단풍丹楓만큼 곱고 밝다.

산이 좋아 눈을 감으신
부처님 그 무량감無量感

머리에 서리를 헤며
귀로 외는 풍악楓岳소리여

어스름 앉는 황혼도
허전한 정 좋아라.

친구여, 우리 손들어
작별하는 이 하루도

천지가 짓는 일들의
풀잎만한 몸짓 아닌가

다음 날 설청雪晴의 은령銀嶺을
다시 뵈려 또 옴세나.

—『채춘보』

추청秋晴

필시 무슨 언약이 있기라도 한가부다.
산자락 강자락들이 비단 필을 서로 펼쳐
서로들 눈이 부시어 눈 못 뜨고 섰나부다.

산 너머 어느 산마을 그 덕 너머 어느 분교
그 마을 잔칫날 같은 운동회 날 갈채喝采 같은
그 무슨 자지러진 일 세상에는 있나부다.

평생에 편지 한 장을 써 본 일이 없다던 너
꽃씨 같은 사연을 받아 봉지 지어 온 걸 봐도
천지에 귓속 이야기 저자라도 섰나부다.

—『연과 바람』

연蓮과 바람

옛날 우리 마을에서는 동구 밖에 연밭 두고
너울너울 푸른 연잎을 바람결에 실어 두고
마치 그 눈 푸른 자손들 노니는 듯 지켜봤었다.

연밭에 연잎이 실리면 연이 들어왔다 하고
연밭에 연이 삭으면 연이 떠나갔다 하며
세월도 인심의 영측盈仄도 연밭으로 점쳤었다.

더러는 채반만하고 더러는 맷방석만한
직지사 인경소리가 바람 타고 날아와서
연밭에 연잎이 되어 앉는 것도 나는 봤느니.

훗날 석굴암 대불이 가부좌하고 앉아
먼 수평 넘는 돛배가 이 저승의 삼생三生이나
동해 저 푸른 연잎을 접는 것도 나는 봤느니.

설사 진흙 바닥에 뿌리박고 산다 해도
우리들 얹는 백발도 연잎이라 생각하며
바람에 인경소리를 실어 봄즉 하잖는가.

—『연과 바람』

을숙도乙淑島

세월도 낙동강 따라
7백 리 길 흘러와서

마지막 바다 가까운
하구河口에선 지쳤던가

을숙도 갈대밭 베고
질펀하게 누워 있데.

그래서 목로주점酒店엔
대낮에도 등을 달고

흔들리는 흰 술 한 잔을
낙일落日 앞에 받아 놓면

갈매기 울음소리가
술잔에 와 떨어지데.

백발이 갈대밭처럼
서걱이는 노사공老沙工도

강물만 강이 아니라
하루해도 강이라며

김해 벌 막막히 저무는
또 하나의 강을 보데.

—『연과 바람』

모과木瓜

시골서 보내온 모과
울퉁불퉁 늙은 모과

서리 묻은 달 같은 것이
광주리에 앉아 있다.

타고난 모양새대로
서너 개나 앉아 있다.

시골서 보내온 모과
우리 형님 닮은 모과

주름진 고향 산처럼
근심스레 앉아 있다.

먼 마을 개 짖는 소리
그 소리로 앉아 있다.

시골서 보내온 모과
등불처럼 타는 모과

어느 날 비라도 젖어
혼자 돌아오는 밤은

수수한 바람 소리로
온 방안에 앉아 있다.

—『연과 바람』

겨울 관악冠岳

낙엽들 다 지우고
골도 훤히 틔워 놓고

나무는 나무끼리
바위는 또 바위끼리

까투리 까투리 빛으로
가라앉고 있는 관악冠岳.

이런 날 하늘빛은
가슴으로 무거워서

솔빛도 우렁우렁
징소리를 하고 있고

산머리 걸리는 시름
흰 눈발도 서성인다.

비울 것 다 비워야
담길 것도 담겨지나

저렇게 허虛한 것이
온 골안에 실려 있는

저문 산 넉넉한 둘레를
등에 업고 우는 범종梵鐘.

—『오동잎 그늘에 서서』

내 마음이 있습니다

저무는 먼 숲 속에 싸락눈이 나리듯이
영혼의 허기진 골에 일모日暮는 쌓이는데
보채는 저녁놀 같은 내 외롬이 있습니다.

피 묻은 발자국을 두고 가는 낙엽들의
무덤으로 가는 길은 등불만한 사랑으로
오늘도 밝혀야하는 내 설움이 있습니다.

한 오리 실바람에도 흔들리는 물결 속에
차고도 단단한 물먹은 차돌처럼
말없이 지니고 사는 내 마음이 있습니다.

—『묵로도』

4

난 암자庵子로 살고 싶다

이렇게 사람의 정이 사무치게 그리운 날은
푸른 산 뻐꾸기 울음도, 눈이 부신 흰 구름도
아득한 궁궐로 두고 난 암자庵子로 살고 싶다

— ≪한국시조≫ 2008년

설화조說話調

내 만약 한 천 년 전
그 세상에 태어났다면

뉘 모를 이 좋은 가을날
너 하나를 훔쳐 업고

깊은 산 첩첩한 골로
짐승처럼 숨을걸 그랬다.

구름도 단풍에 닿아
화닥 화닥 불타는 산을

나는 널 업고 올라
뫼돌처럼 숨이 달고

너는 또 내 품에 안겨
달처럼을 잠들걸 그랬다.

나는 범 쫓는 장한壯漢
횃불 들고 산을 건너고

너는 온유溫柔의 여신女神
일월日月에나 기름 부며

한 백 년 꿈을 누리어
청산에나 살걸 그랬다.

—『묵로도』

뻐꾸기 우는 날에

옛날 우리 어머니가 지성스레 약을 달이듯
뻐꾸기 울음소리가 진초록을 달이는 날
고향 산 늘어진 하루해 새까맣게 다 탑니다

강산에 묻고 온 세월, 세월 속에 묻은 사람
한사코 매달린 시름까지 묻었는데
가슴에 잦아든 생각은 묻을 땅이 없습니다

살만큼 살았는데 지칠 만큼 지쳤는데
오고갈 말 한마디 남기고 갈 눈물 한 점
어디다 뿌려야 합니까 묻어둬야 한답니까

적막한 봄

산골짝 외딴집에 복사꽃 혼자 핀다
사람도 집 비우고 물소리도 골 비우고
구름도 제풀에 지쳐 오도가도 못한다.

봄날이 하도 고와 복사꽃 눈멀겠다
저러다 저 꽃 지면 산도 골도 몸져눕고
꽃보다 어여쁜 적막을 누가 지고 갈 건가.

— ≪유심≫ 2007. 봄호

분이네 살구나무

동네서
젤 작은 집
분이네 오막살이

동네서
젤 큰 나무
분이네 살구나무

밤사이
활짝 펴올라
대궐보다 덩그렇다.

—『꽃가지를 흔들듯이』

꽃가지를 흔들듯이

까치가
깍 깍 울어
아침 햇살이 몰려들고

꽃가지를
흔들어야
하늘빛이 살아나듯이

엄마가
빨래를 헹궈야
개울물이 환히 열린다.

—『꽃가지를 흔들듯이』

가랑비

텃밭에 가랑비가 가랑가랑 내립니다
빗속에 가랑파가 가랑가랑 자랍니다
가랑파 가꾸는 울 엄마 손 가랑가랑 젖습니다.

—『가랑비 가랑가랑 가랑파 가랑가랑』

호박꽃 바라보며

— 어머니 생각

분단장 모른 꽃이, 몸단장도 모른 꽃이,
한여름 내도록을 뙤약볕에 타던 꽃이,
이 세상 젤 큰 열매 물려주고 갔습니다.

—『가랑비 가랑가랑 가랑파 가랑가랑』

해바라기처럼

해바라기는
그 대궁부터가 굵고 튼튼하다.
키도
다른 꽃들과는 상대가 안 된다.
웬만한 담장쯤은
휙 휙 넘겨다본다.
꽃판은 사발만큼
꽃술은 사자 수염
부릅뜬 눈이다.

발등에 부어주는 물쯤으로는
아예 목을 축일 수가 없다.
먼 산을 넘어온
푸른 소나기라야 생기가 돈다.
장대비가 두들기고 가면
다른 꽃들은 온통 진창구가 돼도
그는 오히려 고개를 번쩍 든다.
샛바람은 그의 몸짓
무지개는 그의 음악이다.

햇님도
다른 꽃들에게처럼
깁실 같은 부드러운 볕을
보내주는 것이 아니라
금빛 화살을 마구 쏘아 주는 것이다.
그래야 씨앗이 꽉꽉 박힌다.

손바닥만한 화단에 피는
마을 주무라기 같은 꽃이 아니라
군화 신고 온 우리 아저씨같이
키가 크고 늠름한 꽃.
우리 집을 뼁 둘러선 환한 꽃.

나는
해바라기 같은
장하고 훤칠한 사람이 되고 싶다.

—『엄마 목소리』

엄마 목소리

보리밭 건너오는 봄바람이 더 환하냐
징검다리 건너오는 시냇물이 더 환하냐
아니다 엄마 목소리 목소리가 더 환하다.

혼자 핀 살구나무 꽃그늘이 더 환하냐
눈감고도 찾아드는 골목길이 더 환하냐
아니다 엄마 목소리 그 목소리 더 환하다.

— 『엄마 목소리』

5

북소리

노스님 북채를 잡고 먼 구름을 두드린다

산 가득 앉는 어스름, 떠오르는 연꽃노을

두리둥 두리둥 두리둥 만산에 우레가 떨어진다.

—『구름 산방山房』

세월이 무엇입니까

세월이 무엇입니까 젖은 모래성입니까
아니면 손사래로 빠져나갈 꿈입니까
이달도 마지막 하루가 촛불처럼 다 탑니다.

하루가면 하루만큼씩 이승은 멀어지고
어제 죽어 묻힌 벗이나 구름결을 생각하며
뻐꾸기 울음소리가 산 빛 엮어 내립니다.

시름이 가슴에 고이면 소沼가 된다 하옵기에
산다는 이치 하나로 한 세월을 흘려놓고
망초꽃 흩어진 사연을 강기슭에 줍습니다.

— 『세월이 무엇입니까』

난보다 푸른 돌

옛날엔 칼보다 더 푸른
난蘭을 내가 심었더니

이제는 깨워도 잠 깊은
너 돌이나 만져 본다.

천지간
어여쁜 물소리
새소리를 만져본다.

—『난蘭보다 푸른 돌』

이승의 등불

내가 죽어 저승엘 가면 이승이 고향 아닐까

너랑 나눈 한잔 차 이야기, 오소소 추운 낙엽落葉

가을밤 잘 익은 등불이 모두 꿈길에 밟히겠네.

—『이승의 등불』

원추리꽃

아무도 없는 산골 숨어 사는 외딴집에

아가는 잠이 들고 호롱불만 흔들린다

소쩍새 울음소리가 자꾸 기름 보탠다.

—『이승의 등불』

내 손녀 연정然如에게

내 손녀 연정然如이가 느닷없이 나를 보고
산 좋고 물 좋은 마을에 할아버지 가서 살란다
그래야 휴가철이면 찾아갈 집 저도 있단다.

그렇구나, 그리운 네 꿈도 산 너머에 살고 있구나
들 찔레 새순 오르듯 하얀 구름 오르는 날
뻐꾸기 우는 마을에 나도 가서 살고 싶단다.

—『내 손녀 연정然如에게』

감꽃

바람 한 점 없는 날에, 보는 이도 없는 날에
푸른 산 뻐꾸기 울고 감꽃 하나 떨어진다
감꽃만 떨어져 누워도 온 세상은 환하다.

울고 있는 뻐꾸기에게, 누워있는 감꽃에게
이 세상 한복판이 어디냐고 물었더니
여기가 그 자리라며 감꽃 둘레 환하다.

—『사비약 사비역 사비약눈』

풍경에게

아무도 없는 고향, 텅 비워둔 내 고향집
너랑 같이 내려가서 나랑 같이 살자하고
달래고 타일러주려고 풍경 한 좌座를 사 들었다.

너는 구원의 향기, 밤하늘에 먹을 갈고
너는 영혼의 별빛 먼 성좌星座에 불을 달고
숙조宿鳥여! 꿈 깊은 밤이면 내 가슴에 잠들거라

—『시암詩菴의 봄』

구름 산방山房

날아온 우편물들 낙엽처럼 흩어지고

허름한 옷가지들 구름처럼 깔려 있고

이따금 전화벨 소리가 산과山果처럼 떨어진다

—『구름 산방』

꽃 좀 보소

힘겨운 세상살이 하루해도 지겹지만

그래도 봄이 석 달, 가지마다 꽃이로세

목련꽃 이마 좀 보소, 환히 웃는 꽃 좀 보소.

—『구름 산방』

■ 시론

백수白水 정완영鄭椀永의 시조세계

민병도 시인

1. 살아온 발자취

백수白水 정완영鄭椀永 선생은 1919년 11월 11(음력) 지금은 김천시가 된 경북 금릉군 봉산면 예지동 65번지에서 태어났다. 호를 백수白水로 부르는데 고향 김천의 '천泉' 자를 파자한 것이다. 대대문반代代文班인 연일延日 정씨 가문으로 아버지 정지용鄭知鎔과 연안 전씨 집안의 어머니 전준생田俊生 사이의 4남 2녀 중 2남이었다. 가난한 집안이었지만 포은 정몽주의 후손이자 신사임당의 외손이라는 긍지 높은 가문이었다. 특히 할아버지 담헌澹軒 정염기 鄭濂基는 사서삼경과 주자학에 정통하고 시문에 뛰어나 경향 도처에 문명이 높았는데 백수는 어린 시절부터 자연스레 할아버지의 영향을 많이 받게 되었다.

할아버지로부터 한문을 배우던 선생은 1927년 봉계공립보통학교에 입학하여 새로운 공부를 하게 되었는데 여기서

그를 크게 감화시킨 두 분의 스승을 만나게 된다. 한 분은 홍성린洪性麟 선생으로 동요를 가르쳤는데 이 시기의 아름다운 추억이 지금까지도 동시를 짓게 한 마음바탕이 되지 않았나 짐작된다. 그리고 또 한 분 선생님은 훗날 부산대학교 교수로 있었던 이위응李渭應 선생님으로 나라 잃은 민족임을 일깨워주었고 조선어와 고시조에 눈뜨게 해 주었다. 백수 정완영 선생이 한 생애를 민족시에 대한 사랑으로 바칠 수 있었던 정신의 근원이 바로 이 어린 감성기 때에 비롯되었음은 의미 있는 시사가 아닐 수 없다.

보통학교 4학년 여름 큰 홍수로 생계가 막막해지자 다니던 학교를 그만두고 아버지를 따라 일본으로 건너가게 된다. 낯선 타국의 각처를 전전하던 끝에 2년여 오사카에 있는 부기학교를 다니다가 3년 만에 귀국하여 다시 다니던 학교를 마쳤다. 1938년 스무 살의 나이로 성산 전全씨 주백柱栢의 장녀 덕행德行과 결혼하였다. 결혼을 하면서 선생은 일본인 사주의 버스회사에 취직하여 상주에서 혼자 3년여를 생활하다가 부인과 합류하였다.

정완영 선생이 시조를 쓰기 시작한 것은 1941년 무렵으로 처녀작 「북풍」 등의 작품으로 일본 경찰에 끌려가 모진 고문을 받은 시기이기도 하다. 해방이 되면서 상주에서 고향으로 돌아와 1946년에는 고향 김천에서 여석기(전 고려대 교수), 김상갑(전 서울대 교수), 배병창(시조시인, 작고) 등과 <시문학구락부>를 발족하고 이듬해인 1947년 <시문학구락부> 명의의 동인지 ≪오동梧桐≫을 창간하였다. 이때가 실질적으로 백수문학이 세상에 첫선을 보인 시기였다. 이를 계기로 정석모, 박훈산 시인 등과 친교를 맺었으며

1948년 선생의 대표작이자 후일 고등학교 교과서에 실린 「조국」을 창작하는 등 많은 시조창작에 몰두하였다. 본인의 말에 의하면 등단하기 전 이 무렵에 쓴 시조가 350여 편에 이른다고 한다.

1957년 이호우 시인과의 만남을 계기로 1970년 이호우 시인이 타계할 때까지 시조에 대한 대화와 논의를 가장 진지하게 지속하였다. 이어 1959년에는 청마 유치환 시인을 만나게 되면서 문단활동에 대해서 새롭게 인식하는 계기가 마련되었다. 1960년 그는 국제신보 신춘문예에 「해바라기」가 당선되고 동아일보 신춘문예에 「골목길 담모롱이」가 입선되면서 화려하게 문단의 전면에 나서게 된다. 하지만 이는 그의 문단활동의 서막에 불과하였다. 1962년에는 「조국」이 조선일보 신춘문예에 당선되면서 다시 한 번 그의 저력을 과시하였다. 「조국」은 그가 1948년에 썼으니 14년 만에 화려한 빛을 발하게 된 것이다. 선생은 이처럼 뒤늦게 「조국」을 투고하게 된 계기를 당시 "대구 10·1 사건, 여순 사건, 미소 공동위원회, 얽히고설킨 사건들을 보고 내 조국 가는 길이 서글프고 애달파서" 신문에 투고했노라고 하였다.

보통의 경우 같으면 신춘문예 당선이 한 번도 어려운 일이지만 선생은 여기서도 멈추지 않았다. 1962년 6월에는 청마 유치환으로부터 ≪현대문학≫에 「강」이 추천 완료되었으며 1967년에는 다시 동아일보에 동시 「해바라기처럼」을 투고하여 당선되었다. 능력과 정신력, 그리고 집념을 모두 보여준 결과가 아닌가 생각된다.

한편 문학단체 활동에도 관심을 가지기 시작하여 1965년에는 한국시조시인협회 부회장에 피선되었고 같은 해 대구에서 이호우, 이영도, 이우출 시인 등과 더불어 영남시조문학회의 전신인 경북시조문학동호회를 결성하였다. 이 같은 왕성한 활동의 공로로 1967년에는 김천시 문화상을 받았으며 문화공보부 작가창작 지원기금을 받아 1969년 첫 시조집 『채춘보採春譜』를 동화출판공사에서 펴냈다. 1970년 이호우 시인에 이어 영남시조문학회(낙강) 회장에 피선되었고 1972년에는 월간문학사에서 제2시집 『묵로도墨鷺圖』를 출간하였다.

1974년 선생은 보다 본격적인 문학활동을 위하여 50년 넘게 살아온 고향을 떠나 서울시 동대문구 망우동 207-33으로 이사하고 객지생활을 시작하게 된다. 같은 해 제3시집 『실일失日의 명銘』을 월간문학사에서 출간하였고 한국문인협회가 시상하는 제11회 <한국문학상>을 수상하였다. 이 무렵 장남 경화慶和가 자부 박희순朴熙順과 결혼하였다.

1976년에는 시선집 『산이 나를 따라와서』를 출간하고 한국문인협회 이사로 참여하게 된다. 1979에는 동시조집 『꽃가지를 흔들 듯이』(가람출판사)와 회갑기념 시사진집 『백수시선白水詩選』(가람출판사)을 출간하고 제1회 가람시조문학상 수상하였다. 한국문인협회 시조분과회장에 피선된 해도 같은 해였다.

1980년에는 수필집 『다홍치마에 씨 받아라』 출간하고 서울시 강남구 대치동 은마아파트 23동 105호로 이사를 하였다. 1981에는 시조이론서 『시조창작법時調創作法』을, 1982에는 시조이론서 『고시조감상법』을 출간하였고, 중앙일보에서 시조강좌를 맡아 본격적인 후진양성에 들어갔다. 또한 고향사람들에 의해 김천 남산공원에 시비가 세워지기도 했다.

한편 작품의 우수성과 문단 대내외적인 공헌이 어우러져 여러 작품들이 교과서에 실리기 시작하였다. 먼저 1983에는 초등학교 5학년 교과서에 「분이네 살구나무」가, 1984년에는 중학교 1학년 교과서에 「부자상」이 수록되었다.

1984년에는 제7시집 『연蓮과 바람』(가람출판사)을 출간하고 제3회 중앙시조대상을 수상하였으며 서울시 관악구 남현동 관악연립 101호로 이사를 하였다. 1989년에는 고희기념문집 『백수 정완영 선생 고희기념사화집』 헌정 받았으며 제5회 육당문학상을 수상하였다.

1990년에는 제8시집 『난蘭보다 푸른 돌』(신원문화사)을, 1992년에는 수상집『차茶 한 잔의 갈증』 출간하고 한국시조시인협회 회장에 추대되었다.

1994년에는 김천 직지사 경내에 시비가 세워졌으며 제9시집 『오동잎 그늘에 서서』(토방)를 출간하였다. 1995년에는 수상집 『나비야 청산 가자』(햇빛출판사)를 출간하고 정부가 수여하는 은관문화훈장을 받았으며 고향 마을에 어머니 추모시비가 건립되었다. 1996년에는 <온나라시조짓기추진위원회> 회장을 맡았으며 1998년에는 동시조집 『엄마 목소리』(토방)를 출간하였고 2000년에는 제2회 만해시문학상을 수상하였으며 고향마을(봉계) 입구에 또 하나의 시비가 건립되었다. 2001년에는 제11시집 『이승의 등불』(토방)과 제12시집 『세월이 무엇입니까』를, 2003년 일기초 『하늘 구만 리』를 출간하였다. 같은 해 한국문화예술진흥원이 기획한 <한국 근·현대 예술사 증언 채록>을 마무리하였으며 2004년과 2005년 서간집 『기러기 엽신葉信』과 제13

시집 『내 손녀 연정然奵에게』(고요아침)를 각각 출간하였다. 뿐만 아니라 2004년에는 제1회 육사시문학상을, 2007년에는 유심특별상을 수상하기도 하였다.

2005년 직지사 경내에서 백수전국시조백일장이 처음으로 시작되었고 2008년에는 고향 김천에 <백수문학관>이 건립되어 '백수시조'의 완성을 기념하였고 2009. 8. 8 제1회 백수문학제가 직지사와 백수문학관을 중심으로 열리게 되었다.

백수 정완영, 선생은 90세가 넘은 지금도 현역 시인이다. 시조에 관한 한 그의 삶은 시종일관 진지하고 치열하였다. 그 같은 노력이 시조가 고대의 창사唱詞에서 벗어나 본격문학으로 자리매김하는데 상당부분 기여하였다고 보여진다. 아울러 현대시조에로의 중흥을 표방한 아래 이병기, 이은상, 김상옥, 이호우, 이영도에 이은 1960년대의 대표시인으로 평가받게 하였다.

2. 문학세계

정완영 선생의 시조에는 체험적 질서와 동양적 사유의 세계가 조화를 이루고 있다. 지금까지 창작한 2,000여 편을 체계적으로 분석하고 연구할 작업은 과제로 남아있지만 대체적으로 세 가지 정도의 유형으로 분류된다.

첫째는 고향과 조국에 대한 상실감과 서러움의 미학이 중심을 이루고 있다. 끝없는 상실감과 애타는 사무침은 역설적이게도 고향과 조국으로부터 극복해내고 있다. 둘째는 천인합일, 혹은 자연과의 화해를 들 수 있겠는데 이는 동양사상의 근간이자 핵심이다. 셋째는 순수지향성이 만들어내는 동심의 세계이다.

본고에서는 이러한 분류기준을 중심으로 몇 편의 작품들을 살펴보기로 하겠다.

1) 고향과 조국, 그리고 서러움의 미학

백수 정완영 선생이 신춘문예로 그의 문학적 진가를 평가받은 시기는 조선일보 신춘문예에 「조국」이 당선되고 이어 ≪현대문학≫을 통해 「애모」, 「어제 오늘」, 「강」이 추천된 1962년이다. 그의 나이가 44세, 당시의 사례들로 비견해봐서는 매우 늦은 등단이라고 할 수 있다. 하지만 이는 공식적인 연보상의 이야기일 뿐 실제로는 이 때 당선된 「조국」이 1948년에 쓰여졌다고 하니 문단 연조로 봐서는 이미 깊을 대로 깊은 뒤였다. 그만큼 오랜 습작과정을 거쳤다는 반증이며 문학에 임하는 그의 정신자세의 한 단면이라 하겠다.

그는 1969년 첫 시집 『채춘보』를 출간하면서 일약 문단의 주목을 받기 시작하였다. 특유의 시적 상상력으로 대상을 수용하거나 개성적이고 자연친화적 시어의 선택을 고유의 율격에 조화시킴으로써 차별화된 신서정의 경지를 열어주었기 때문이다.

하지만 선생의 성장환경과 시대상황을 고려해볼 때 이 같은 성과는 실로 경이적인 사실이 아닐 수 없다. 공교롭게도 그는 3·1운동이 일어나던 해에 세상에 나와 유년기와 청소년기를 왜정치하에서 보냈다. 그리고는 6·25라는 동족상잔의 참상도 겪어야 했다. 말하자면 가난과 식민지 백성의 비애와 국란의 절규를 모두 겪어야 했다. 그리고는 마침내 참화를 겪은 들풀의 그것처럼 의연히 그 아픔을 민족의 율조 안에 녹여내었다. 그 시간 안에 서구의 자유시가 들어와 안방을 차지하였고 수많은 이념과 유파가 지각변동을 일으켜도 전혀 흔들림 없는 자신의 뿌리를 뻗어 나갔다.

그의 뿌리가 굳건하게 자랄 수 있었던 배경에는 바로 자신을 낳아준 고향과 자신의 생각을 배양해준 민족, 혹은 가문의 역할이 있었다. 그리고 그 전통을 관류하는 서러움의 미학이 자리하고 있었다.

쓰르라미 매운 울음이 다 흘러간 극락산極樂山 위
내 고향 하늘빛은 열무김치 서러운 맛
지금도 등 뒤에 걸려 사윌 줄을 모르네.

동구 밖 키 큰 장승 십리 벌을 다스리고
푸수풀 깊은 골에 시절 잊은 물레방아
추풍령 드리운 낙조에 한 폭 그림이던 곳.

소년은 풀빛을 끌고 세월 속을 갔건만은
버들피리 언덕 위에 두고 온 마음 하나
올해도 차마 못 잊어 봄을 울고 갔더란다.

— 「고향 생각」 7수 중 전반부 3수

백수 정완영 시조의 한 특징을 '서러움의 미학'이라고 가정한다면 단연 「고향생각」이야말로 첫머리에 올릴 대표작이다. 딱히 기다릴 사람이 없으면서도 눈은 자꾸 극락산 위 서러운 하늘로 가고 산과 들에 뿌려놓은 씨앗만큼 아쉬움이 무성하던 곳이 고향 아니던가. 그 중심에 어머니의 극진한 사랑과 눈물이 있고 아버지의 도전과 탄식이 함께 하는 곳이 아니던가. 풀잎 같던 유년시절이 있고 자신을 있게 한 모든 근원들이 그랬듯이 언젠가는 자신도 묻히게 될 있음과 없음이 하나로 이어져 있는 곳이 고향 아니던가. 마치 풍경 사진처럼 셔터를 눌러댔으면서도 화려한 색채에 휘둘리지 않고 나무와 들판의 생각마저도 그려낸 모노톤 계열의 사무침이 마음을 흔드는 작품이다.

많은 시인들이 자신의 고향을 노래하였지만 이렇게 정과 한과 그리움이 절묘한 조화를 이룬 작품은 만나기가 쉽지 않다. 이 작품 또한 소재나 주제 면에서는 여느 작품들과 크게 다르지 않다. 하지만 청각과 시각간의 비유와 표현의 기교, 휘감기는 가락과 시적 상상력의 확장 등 백수 선생이 아니면 가히 시도하기조차 어려운 차별화가 돋보인다.

첫 수 초장에 나오는 '쓰르라미 매운 울음'에서 '울음'과 '매운'이 주는 소위 '어긋남의 조화'가 중장의 '내 고향 하늘빛은 열무김치 서러운 맛'에서 '내 고향 하늘빛'을 열무김치 맛으로 대체하고 그것도 '서러운 맛'으로 표현해내는 감각은 참으로 시사하는 바가 적지 않다. 과거 고시조의 경우 오직 청각에만 의존하였던 데 비해 현대시조가 인쇄로 전달된다는 점에서 다양한 감각이 활용된다는 점이다. 시각과 청각과 후각은 물론이거니와 미각까지도 자극하여 전달하고자 하는 메시지를 보다 분명히 하는 것이다.

사람들이 고향을 생각하는 데에는 그만한 까닭이 있다.

고향은 자신의 근원을 일깨워주는 자기연출의 무대이기 때문이다. 부모와 하나였음도 배우게 되고 부모와 하나일 수 없음도 배우게 된다. 자연과의 관계설정을 맺을 수 있고 자신의 가능성과 한계를 시험해볼 수 있는 터전이다. 이 같은 체험의 통로에서 정완영 선생이 선택한 것은 전통적 윤리관을 통해서 확보한 서러움의 세계이다.

그런 맥락에서 보면 정완영 선생의 시조는 '현대 예술은 모름지기 고대의 조각이 이상적으로 보여주고 있는 바와 같이 자연을 따라야 한다.'고 주장한 독일의 예술사학자 빈 켈만의 고전주의와 맞닿아 있다. 이를테면 인간사에서 이루어질 수 있는 모든 삶의 방식, 사고방식 또한 자연의 질서 위에서만 생명력을 지속할 수 있다는 의미일 것이다. 자연의 조화와 화해, 절제와 균형이 흐트러진 아름다움은 질서가 무너진 것과 같기 때문이다.

그의 출세작이자 대표작인 「조국」 또한 그 같은 테두리에서 크게 벗어나지 않는다.

행여나 다칠세라 너를 안고 줄 고르면
떨리는 열 손가락 마디마디 에인 사랑
손닿자 애절히 우는 서러운 내 가얏고여.

둥기둥 줄이 울면 초가삼간 달이 뜨고
흐느껴 목 메이면 꽃잎도 떨리는데
푸른 물 흐르는 정에 눈물 비친 흰 옷자락.

통곡도 다 못하여 하늘은 멍들어도

피맺힌 열두 줄은 굽이굽이 애정인데
청산아, 왜 말이 없이 학처럼만 여위느냐.

—「조국」 전문

이 작품이 발표된 시점은 1962년 조선일보 지상이지만 선생의 증언에 의하면 창작시기가 1948년으로 되어 있다. 조국 광복운동에 나선 수많은 사람들의 희생을 딛고 겨우겨우 일제의 강점기를 벗어나게 된 시점이었다. 하지만 광복의 기쁨은 그리 오래가지 못했다. 해방된 조국은 다시 동서열강의 또 다른 세력다툼의 각축장으로 변해버린 것이다. 선생은 이 무렵 여러 차례 국토순례의 길에 나서 전국 124개 군郡을 돌아다녔다고 말한 적이 있다. 민족에게 '자신의 나라'란 어떤 의미인지, 혹은 나라사랑이란 무엇인지를 가슴으로 느껴보고 싶었기 때문이다. 그래서 얻어낸 백수 식의 나라사랑 법이 바로 이 「조국」이다. 이 시가 더욱더 생동감 있게 겨레의 가슴을 파고드는 까닭도 이 때문이다.

우선 이 시에서는 우리 민족의 애환을 가장 잘 표현해 주던 가야금을 빌려 조국의 흥망성쇠를 노래하고자 한 발상부터가 크게 부각된다. 그저 나약한 백성의 한 사람으로서는 어찌할 수 없는 안타까운 심정을 그 절절한 가락에 실어보내기에 읽는 이로 하여금 진한 감동을 이끌어낸다. 흔히들 우리가 이 「조국」을 현대시조의 고전으로 평가하는 까닭도 간드러질 듯이 유장한 가락이 이끌어내는 서정에 대한 깊은 신뢰와 공감 때문이다.

사흘 와 계시다가 말없이 돌아가시는
아버님 모시 두루막 빛바랜 흰 자락이
웬일로 제 가슴속에 눈물로만 스밉니까.

어스름 짙어오는 아버님 여일餘日 위에
꽃으로 비쳐 드릴 제 마음 없아오매
생각은 무지개 되어 고향 길을 덮습니다

손 내밀면 잡혀질 듯한 어린제 시절이 온데
할아버님 닮아 가는 아버님의 모습 뒤에
저 또한 그날 그때의 아버님을 닮습니다.

—「부자상」 전문

이 시는 선생의 개인적 체험에서 얻은 아버지에 대한 사랑을 담고 있다. 부계父系 중심의 가부장적인 전통에서 어머니가 살이라면 아버지는 뼈와 같은 존재이다. 겉으로 잘 드러나지도 않지만 어머니처럼 가까이 다가서기도 쉽지 않은 아버지에 대한 사랑과 신뢰가 행간마다 가득하다.

첫째 수에서는 마음과는 달리 가까이 다가서지 못한 아버지에게 효도를 다하지 못한 자책감을 '눈물'로 표현하고 둘째 수에서는 여생이 얼마 남지 않은 아버지를 모시지 못하는 안타까움이 잘 나타나 있으며 셋째 수에서는 한 핏줄에 얽어져 살아온 삶의 무상과 아버지에 대한 믿음이 잘 그려져 있다. 겉으로 드러내지 않은 마음속의 그림이다.

2) 천인합일, 혹은 자연과의 소통

정완영 선생은 우리 민족이 오랜 세월 공들여 가꾸어온 품격 있는 그릇을 만드는 장인이 아니다. 그 품격 높은 그릇에 가장 잘 어울리는 음식을 만드는 요리사라 해야 맞다. 그는 우리의 체질을 정확히 진단하고 우리 입맛에 맞는 식재료를 구하는 안목이 탁월하다.

그런데 그의 손끝에서 만들어지는 음식은 한결같이 수백 년씩 발효되거나 숙성되어온 우리 전래의 한식이다. 한식의 특징은 손맛에 있다. 야채나 갓 건져 올린 생선이 아니라 봄부터 삶아 말린 묵은 나물이며 지하 창고에서 숙성시킨 새우젓갈이다. 같은 재료를 쓰되 되도록 재료가 지닌 고유의 향을 살리고 화학조미료를 쓰지 않은 담백한 맛이 특징이다. 다만 탁월한 안목으로 자연이 지닌 멋과 맛을 찾아낼 뿐이다.

자연이란 '스스로 만들어진 상태'를 이름이다. 기나긴 세월 속에서 파악해보면 자연은 스스로의 자정능력에 의해 자신의 길을 가고 있다. 짧은 순간을 잘라보면 어떤 인위적인 힘에 의해서 흐름을 바꾼 것처럼 느껴질지 몰라도 결국은 자신의 길을 가게 된다. 동양사상에서의 '무위자연無爲自然'에 대한 정신적 귀의가 끊임없이 담론으로 회자되는 까닭이다.

정완영 선생의 시조에는 인간을 자연의 일부로 파악하고 자연과의 화해와 소통을 지향하는 작품들이 많이 있다. 자신과 물체간의 구별을 없애고 자연과 인간과의 합일을 추구함으로써 도의 영역 안에 드는 것이다. 말하자면 그의 시작은 곧 그의 구도의 한 방편인 것이다.

동화사桐華寺 갔다 오는 길에
산이 나를 따라와서

도랑물만한 피로를
이끌고 들어선 찻집

따끈히 끓여 주는 차가
단풍丹楓만큼 곱고 밝다.

산이 좋아 눈을 감으신
부처님 그 무량감無量感

머리에 서리를 헤며
귀로 외는 풍악楓岳소리여

어스름 앉는 황혼도
허전한 정 좋아라.

친구여, 우리 손들어
작별하는 이 하루도

천지가 짓는 일들의
풀잎만한 몸짓 아닌가

다음 날 설청雪晴의 은령銀嶺을
다시 뵈려 또 옴세나.

—「산이 나를 따라와서」 전문

자연과의 화해는 자신을 버리는 일로부터 시작된다. 욕심을 비운 자신의 빈자리의 넓이만큼 자연이 들어올 수 있기 때문이다. 잠시의 시간이었지만 동화사엘 다녀오는 동안 시적 화자는 자신을 비워내고 그 자리에 산을 앉혔다. 아쉬움을 지닌 채 돌아내려 오면서도 그 산을 놓지 못한다. 그런데 여기서는 내가 산을 이끌고 내려오는 것이 아니라 "산이 나를 따라"오는 것이다. 이미 인식의 세계를 초월한 경지라 하겠다.

둘째 수에서는 "산이 좋아 눈감으신/ 부처님 그 무량감"을 보고 난 뒤의 '허전한 정' 에 초점을 맞추고 있다. '허전한' 것이 '정'이라니 얼른 납득이 안 가는 부분이다. 비워짐, 사라짐이 몰고 올 채워짐과 만남에 대한 완곡한 바람의 표시이다. 부정을 긍정으로 이끌어내는 단초로 이용한 것이다.

사람살이에 있어서 "손들어/ 작별하는 이 하루"는 결코 가볍지 않은 기록이다. 하지만 "천지가 짓는 일들"에 비교해보면 "풀잎만한 몸짓"에 불과하다. 세상살이의 모든 희로애락과 번뇌가 우주의 질서 안에서 어떻게 규정지어져야 하는지에 대한 선생의 이해가 명확하다.

이 시에서는 인간의 행동과 자연의 역할이 적당히 맞물려 있다. 아무도 서로의 영역을 존중하고 자신의 범주를 지키면서 하나가 된다.

세월도 낙동강 따라
7백 리 길 흘러와서

마지막 바다 가까운
하구河口에선 지쳤던가

을숙도 갈대밭 베고
질펀하게 누워 있데.

그래서 목로주점酒店엔
대낮에도 등을 달고

흔들리는 흰 술 한 잔을
낙일落日 앞에 받아 놓면

갈매기 울음소리가
술잔에 와 떨어지데.

백발이 갈대밭처럼
서걱이는 노사공老沙工도

강물만 강이 아니라
하루해도 강이라며

김해 벌 막막히 저무는
또 하나의 강을 보데.

—「을숙도」 전문

이 시에서도 낙동강과 시적 화자, 그리고 노사공이 동등한 역할의 주인공으로 등장한다. 거기에 갈대밭과 갈매기 울음이 날 저무는 분위기와 어울려 비장한 분위기를 연출한다. 낙동강의 하구 삼각주인 을숙도에서 선생은 지나간 시간과 다가올 시간 사이의 정지된 한 장면을 기록하고 있다.

"7백 리 길 흘러"온 것은 강물이지만 선생은 "세월"로 읽었다. 이미 지치고 무디어져 유속을 포기한 강물도, 내가 지나온 세월도 "갈대밭 베고/ 질펀하게 누워" 있어 "흰 술 한 잔을/ 낙일 앞에 받아 놓"는다. 그때 그 술잔에 "울음소리"로 떨어지는 갈매기는 또 다른 자신이다. 극도의 긴장을 조성하던 이 시는 그러나 마지막 수에 가서 화두話頭와 같은 메시지를 남기면서 마무리된다. "강물만 강이 아니라/ 하루해도 강이라"는 노사공의 독백이 그것이다.

군데군데 참신한 감각과 특유의 비유법, 적절한 사물의 등장과 친화력 있는 시행의 전개를 통해 자연과 사람의 공존이 얼마나 소중하며 어떻게 서로 소통할 수 있는가를 생각하게 해 주는 작품이다.

> 이렇게 사람의 정이 사무치게 그리운 날은
> 푸른 산 뻐꾸기 울음도, 눈이 부신 흰 구름도
> 아득한 궁궐로 두고 난 암자庵子로 살고 싶다
>
> ―「난 암자로 살고 싶다」 전문

이 작품은 2008년에 발표된 작품이니 만치 선생의 최근 작품의 경향을 읽을 수 있다. 아직도 선생의 서러움은 끝이

나지 않았다. 아무리 좋은 평가가 따르는 작품을 남긴 시인이라 할지라도 선생도 사람이다. 자연의 질서에서 한 치의 오차도 없는 궤도 안의 생명체일 따름인 것이다. 생각으로야 욕망을 차단해 보기도 하고 적멸에도 들어보지만 어찌 돌처럼 번뇌에서 자유로울 수가 있겠는가.

남은 시간이 많지 않기 때문에 더욱더 사람이 그리운 법이다. 하지만 어떻게 사람이 생각이 미친다고 모두 다 채워가면서 살 수 있겠는가. 제철을 만나 철리哲理를 따르는 뻐꾸기의 울음도, 그 울음을 관장하는 해와 달과 구름 같이 눈부신 영화도 넘보지 못할 절대지존의 궁궐쯤으로 두고 초발심으로 돌아가 자신의 자리로 돌아가리라 다짐한다. 몸도 마음도 서러움마저도 흘러가는 세월에 맡겨버린 노 시인이 지닌 삶의 자세가 읽혀지는 대목이다.

공자는 "70세가 되니 어떤 일을 해도 법도에서 어긋나지 않았다[七十而從心所欲不踰矩]"며 '70에 종심'을 선언하였는데 백수 선생은 지금 아흔에도 자신의 생각을 다스리고 있는 것이다.

3) 순수지향성 동심의 세계

정완영 선생의 시조에는 동심 속에서 순수성을 추구하고 자꾸만 훼손되어 가는 인간의 본성회복을 겨냥한 작품들이 상당 부분 있다. 동심童心은 아직 채 만들어지지 않은 진흙과 같아서 무한한 가능성을 지니고 있다. 장독을 만들 수도, 찻잔을 만들 수도 있다. 불에 구울 수도 있고 햇볕에 말릴 수도 있다. 또한 동심은 잘 갈아둔 밭과 같아서 콩을 심으면

콩이 열리고 무를 심으면 무가 자란다. 설사 아직은 무모하거나 나약할지는 몰라도 얼마든지 원하는 만큼의 결실을 거둘 수가 있다. 말하자면 꿈과 희망과 미래가 준비된 백과사전과 같다.

시가 쓰여지는 목적이 인간의 정체성 유지와 본성 회복에 있다고 본다면 아직 설계나 밑그림이 그려지지 않은 백지상태인 동심이야말로 비중 높은 자산일 것이다.

백수 선생은 특히 많은 동시조 창작에 힘을 골몰하였다. 꽃 피고 새움 트는 봄이 주는 희망의 메시지를 노래하거나 어머니에 대한 그리움을 형상화하여 자신이 지녔던 유년시절의 그 순수함을 지키고 동심을 회복하고자 하였다.

동네서
젤 작은 집
분이네 오막살이

동네서
젤 큰 나무
분이네 살구나무

밤사이
활짝 펴올라
대궐보다 덩그렇다.

—「분이네 살구나무」 전문

지금은 대부분 사라져버린 우리네 시골 정경이다. 그때는 왜 그리도 살구나무를 많이 심었던지 봄이면 동네마다 환하게 집채만한 꽃등이 켜졌었다. 개울물을 건너 삐딱하게 선 기둥을 붙잡고 선 오막살이 집 한 채와 집채보다 몇 갑절 키가 큰 늙은 살구나무가 허리를 굽히고 서 있다. 그런데 밤새 대궐보다 덩그렇게 꽃이 피어 동네에서 제일 작은 오막살이 분이네 집을 밝혀주고 있다. 가난한 살림에 언제나 기가 죽어 지내온 분이에게 자랑거리가 생긴 것이다. 동네에서 제일 큰 살구나무가 동네에서 제일 부자도 부럽지 않은 부자로 만들어 주었기 때문이다. 으쓱해진 분이의 펴진 얼굴을 떠올리게 한다.

45자의 짧은 동시조 한 편이지만 읽는 독자들도 함께 분이의 흐뭇한 마음으로 바뀐다. 그리고 금세 마음이 따뜻해옴을 느낀다. 동심의 힘 때문이다.

> 텃밭에 가랑비가 가랑가랑 내립니다
> 빗속에 가랑파가 가랑가랑 자랍니다
> 가랑파 가꾸는 울 엄마 손 가랑가랑 젖습니다.
>
> —「가랑비」 전문

이 작품은 우리말이 지닌 소리를 빌러 가락과 조화를 이루는 특수한 상황을 연출하고 있다. 전개되는 공간 자체는 아주 작은 구조이다. 비가 내리는 텃밭에서 실파를 손질하는 어머니의 모습을 발견한 것이 전부다. 그런데 이 짧은 시가 던지는 파장 또한 만만치 않다. 그것은 전적으로 백수 선생의 빼어난 언어 조탁 능력에서 기인한다.

'가랑비'는 가늘게 내리는 비를 말한다. 물론 가늘게 내리는 만큼 소리가 나지 않는다. 그런데 여기서는 끊어질 듯 말 듯한 의미마저 담아서 '가랑가랑'이라고 표현하였다. 가랑비 내리는 소리치고는 절묘한 표현이다. 그런데 그 가랑비를 맞으며 자라고 있는 실파 또한 "가랑가랑" 자라는 것이다.

그런데 이 "가랑가랑"이 획득한 최상의 조화는 어머니의 손 젓는 모습에 있다. 비가 오는 가운데서도 실파를 어루만지는 손길이 있어 더욱 친숙하게 다가온다. 좋은 시란 무엇을 선택하느냐에 달린 것이 아니라 어떻게 찾아내느냐에 달려있음을 실천적으로 보여주는 사례라 하겠다.

> 분단장 모른 꽃이, 몸단장도 모른 꽃이,
> 한여름 내도록을 뙤약볕에 타던 꽃이,
> 이 세상 젤 큰 열매 물려주고 갔습니다.
>
> ―「호박꽃 바라보며」 전문

이 시는 '―어머니 생각'이라는 부제가 달려 있다. 백수 선생의 어머니에 대한 사랑은 특히 유별하다. 49세에 돌아가신 사무친 그리움 때문이다.

"아무리 별빛이 빛난다 해도 엄마 목소리만큼 찬란할 수는 없고, 아무리 꽃이 아름답다 해도 엄마 목소리만큼 사무칠 수는 없다. 엄마 목소리는 구원의 소리이기 때문이다." 동시조집 『엄마 목소리』 머리말에서 밝힌 선생의 어머니에 대한 생각을 보면 그것이 얼마나 절실한 것인지를 알 수가 있다.

여기서는 꽃이라고 말하기에는 너무도 흔하고 평범한 호

박꽃을 바라보면서 꽃이라고 여기지 못한 후회와 만나고 있다. 왜냐하면 그 꽃에서 어머니를 발견했기 때문이다. "분단장"도 모른 채, "몸단장도 모른" 채 "한여름 내도록 뙤약볕에 타던" 어머니의 모습과 꼭 같았기 때문이다. 그런데 "이 세상 젤 큰 열매"를 "물려주고" 간 지금 어떻게 그 면구스러움을 피할 것이며 그 은혜를 갚을 수 있겠는가. 너무도 편하게 쓰면서도 가슴 한구석을 파고드는 이 같은 감동은 백수 정완영 만의 동심이 지닌 매력일 것이다.

3. 백수문학의 성과

시조의 본디 모습은 우리 민족 전래의 가락 가운데 하나에다 시를 담은 양식이다. 하지만 지금의 시조는 예의 그 노래를 버린 새로운 모습이다. 공교롭게도 그 변환점이 서구의 자유시 양식이 도입되는 시기와 맞물리면서 일부 서구사대주의자들의 조악한 공략을 받기도 하였다. 말하자면 시조의 기능과 역할이 끝났다는 것이다. 급속한 서구식 근대화는 동양의 형이상학적 이상주의를 수용할 만큼의 여유가 없었다. 그러므로 노래를 분리시켜버린 시조는 오랜 역사적 경험 속에서 확립한 정체성을 훼손했다는 지적에서 자유롭지 못하였다. 어쩌면 그것이 현대 시조의 정체성 위기가 대두된 것도 필연적 과정이었는지도 모른다.

사실 시조에서 음악을 떼어낸다는 것은 심각한 모험이 아닐 수 없다. 그것은 단순히 가락을 버린다는 의미를 넘어 전통의 사상과 민중의 예술미학을 잘라낸다는 뜻이기 때문이다. 처음에는 자유시와의 차별화를 위하여 자수율에 매달

렸고 다음에는 음풍농월吟風弄月식의 내용물을 교체하는 노력이 뒤따랐다. 더러는 자유시와 구별이 어려웠고 더러는 오히려 자유시를 닮아가고 있었다. 3장 6구, 그 형식질서 하나만으로는 결코 자유시와의 차별성이 확보되지 않았다.

시조를 부정하고 우려하는 시각을 잠재울만한 새로운 질서가 필요하였다. 그것은 오히려 과거와의 단절이 아니라 전통의 미학을 부각시키는 일이었다. 노래는 버리더라도 노래에 못지않은 율격을 살리는 노력이 있어야 했고 전통 속에 남아있는 철학적 이데올로기를 회복하는 작업이 있어야 했다. 시조의 이념으로 자유시를 둘러싼 서구문명의 모순을 지적하고 시조의 자립근거를 확보할 필요가 있었다.

그런 면에서 볼 때 백수 정완영 선생의 등장은 이러한 시조의 갈등과 방황을 일정 부분 해소시켜주기에 충분하였다. 물론 박재삼이 지적한 대로 현대 "시조를 말할 때 가람嘉藍과 노산鷺山을 말하고, 그 뒤를 이어 초정草丁과 이호우를 들고 그다음에는 백수白水를 내세우는 것이 거의 상식처럼 되"<'백수, 그 문학과 인간'에서>어 있어 독점적 성과라고는 말할 수 없다. 그러나 중요한 것은 그의 시조가 거둔 가장 큰 성과가 자유시의 위세와 관계없이 전통미학을 시조의 행간에 불러 앉혔다는 점과 우리말의 내재율 안에 그간 잃어버린 노래를 되살려내었다는 점이다.

중국이 장구한 역사를 기반으로 방대한 영토에서 표출되는 각기 다른 개성을 조화롭게 빚어 오언五言이나 칠언七言과 같은 한시를 발전시켰고 일본이 섬나라 특유의 변화무쌍한 감성이 빚어 17자의 짧은 시, 하이쿠를 민족적 자긍심으로 내어놓았다. 잠시 스쳐 지나가는 유행이나 몸부림이 아니라 각각의 자연과 문화가 일군 역사적 산물이다.

그에 비해 우리는 어떤 차별화 된 문화를 지녀왔는가. 백수 선생은 어떤 글에서 "우리 시조는 하늘도 감아 돌리는 열두 발 상모, 할머니의 물레 잣는 모습, 열두 마당 풍물놀이, 어머니의 다듬이소리, 도리깨타작마당, 승무, 가야금 산조, 휘몰이, 잦은몰이" 등 우리 생활 전반에 걸친 정서를 담고 있다고 하였다. 그 '생활 전반에 걸친 정서'야 말로 우리 문화의 독자성이요 차별성이라 하겠다. 이 같은 민족미학이 때로는 조국으로, 고향으로, 동심으로, 혹은 물아일체의 자연으로 형상화되었다. 그리고 거기에는 반드시 겉으로 드러내지 않는 은근한 율격이 스며있었다.

백수 정완영 시조의 성과는 한두 가지로 간단히 설명할 수가 없다. 분명한 것은 이러한 새로운 인식과 부단한 노력이 거둔 시조성의 확립이 장차 시조가 나아가야 할 방향성을 확립하는 데 적잖게 영향을 끼쳤다는 점이다.

정 완 영 연 보

1919년 경북 금릉군 봉산면 예지리 65번지에서 아버지 지용知鎔, 어머니 연안 전씨 준생俊生의 4남 2녀 중 2남으로 태어남. 본관은 연일延日.
16대조(교리공校理公)가 입금산入金山 이래 대대 문반文班으로 이 땅에 정착하여 살아왔음. 12대조(유성維城) 부인은 신사임당의 둘째 아들 옥산공玉山公의 따님임.

1923년 문명이 경향에 널리 들렸던 할아버지(담헌澹軒 정렴기鄭濂基)로부터 한문과 주문朱門의 정신을 배웠음. 조부 담헌공은 사서삼경에 통달하고 주자학에 정통하였을 뿐만 아니라 특히 시문에 뛰어나 만인의 존경을 받았다.

1927년 봉계공립보통학교에 입학하여 뒷날 부산대학교 국문과 교수가 된 약관의 이위응李渭應 선생으로부터 옛시조와 조선어, 조선역사 등을 감명 깊게 학습하여 훗날 철저한 민족주의 의식에 눈뜨게 됨. 4학년 여름에 큰 홍수가 있었고 그로 인해 논 다섯 마지기가 유실되었으며, 생계유지가 곤란하여 살길을 찾아 아버지를 따라 일본에 건너감.

1932년 일본 오사카[大阪] 천황시 소재 야간부기학교에 입학하여 2년 수료하고 귀국하여 보통학교를 마침.

1938년 성산 전씨 주백柱栢의 장녀 덕행德行과 결혼. 결혼을 하면서 직장을 얻어 상주로 거처를 옮김.

1941년 처녀작 「북풍」 등의 시조작품과 관련 일경에 끌려가 모진 고문을 받음.

1942년 경북 상주에서 장녀 윤희潤喜 태어남.

1945년 경북 상주에서 장남 경화慶和 태어남.

1946년 해방과 동시에 고향 김천에서 <시문학구락부>를 발족함. 회원으로 여석기(전 고려대 교수), 김상갑(전 서울대 교수), 배병창(시조시인, 작고), 김상조, 전택근, 김도오, 임성길, 전성근, 권오기 등이 있었음.

1947년 시문학구락부 명의의 동인지 ≪오동梧桐≫ 창간.

1948년 정석모, 박훈산 시인등과 친교를 맺으면서 후일 고등학교 3학년 교과서에 실린 「조국」 등의 시조창작(350여 편)에 몰두하는 한편 국토순례에 나섬.

1948년 2남 성화性和 태어남.

1950년 6·25전쟁이 발발하자 경북 청도군 매전면 동창천변으로 피난을 떠남.

1951년 3남 제화濟和 태어남.

1954년 2녀 은희恩喜 태어남.

1956년 4남 준화俊和 태어남.

1957년 시인 이호우와 처음으로 만남. 이후 이호우 시인이 타계할 때까지 시조와 관련한 논의를 거듭하였음.

1959년 시인 유치환과 만남.

1960년 <국제신보> 신춘문예에 시조 「해바라기」가 당선됨.

1960년 <서울신문> 신춘문예에 동시 「골목길 담모퉁이」가 입선됨.

1960년 ≪현대문학≫ 6월호에 시조 「애모」가 추천됨.

1961년 ≪현대문학≫ 2월호에 시조 「어제 오늘」이 추천됨.

1962년 <조선일보> 신춘문예에 시조 「조국」이 당선됨.

1962년 ≪현대문학≫ 6월호에 시조 「강」이 추천되어 천료됨.

1965년 한국시조시인협회 부회장에 피선됨. 이호우 시인과 더불어 영남시조문학회의 전신인 경북시조문학동호회를 결성. 장녀 윤희 출가함.

1967년 <동아일보> 신춘문예에 동시 「해바라기처럼」 당선. 제2회 김천시문화상 수상.

1969년 첫 시집 『채춘보採春譜』(동화출판공사) 출간(문화공보부 작가 창작지 원금 받음).

1970년 영남시조문학회 제3대 회장에 피선.

1972년 제2시집 『묵로도墨鷺圖』(월간문학사) 출간.

1974년 서울시 동대문구 망우동 207-33으로 이사함.
제3시집 『실일失日의 명銘』(월간문학사) 출간.
제11회 <한국문학상> 수상. 장남 경화가 박희순朴熙順과 결혼.

1976년 시선집 『산이 나를 따라와서』 출간. 한국문인협회 이사 피선.

1977년 차남 성화가 박영희朴英熙와 결혼.

1979년 동시조집 『꽃가지를 흔들 듯이』(가람출판사) 출간. 회갑기념 시사진집 『백수시선白水詩選』(가람출판사) 출간. 제1회 가람시조문학상 수상. 한국문인협회 시조분과 회장 피선.

1980년 수필집 『다홍치마에 씨 받아라』 출간. 서울시 강남구 대치동 은마아파트 23동 105호로 이사.

1981년 시조이론서 『시조창작법時調創作法』 출간. 3남 제화가 권진순權鎭淳과 결혼.

1982년 시조이론서 『고시조감상법』 출간. 중앙일보 시조강좌를 맡음(3년 8개월). 한국청소년연맹 시조지도위원으로 위촉. 고향사람들에 의해 김천 남산공원에 시비(고향생각)가 세워짐.

1983년 차녀 은희 출가. 초등학교 5학년 교과서에 「분이네 살구나무」 수록.

1984년 제7시집 『연蓮과 바람』(가람출판사) 출간.
중학교 1학년 교과서에 「부자상」 수록.
서울시 관악구 남현동 관악연립 101호로 이사.
제3회 중앙시조대상 수상.

1985년 『시조산책』(가람출판사) 출간.

1989년 고희기념문집 『백수 정완영 선생 고희기념사화집』 헌정 받음. 제5회 육당문학상 수상.

1990년 4남 준하가 송귀완宋貴婉과 결혼.
제8시집 『난蘭보다 푸른 돌』(신원문화사) 출간.

1992년 한국시조시인협회 회장에 피선. 수상집 『차茶 한 잔의 갈증』 출간.

1994년 김천 직지사 경내에 시비(직지사 운)가 세워짐.
제9시집 『오동잎 그늘에 서서』(토방) 출간. 손자 연재然宰 태어남. 한동안 청주시 가덕면 노백산방老白山房으로 이거함.

1995년 은관문화훈장 수훈. 수필집 『나비야 청산 가자』(햇빛출판사) 출간. 고향 마을에 어머니 추모시비가 건립됨.

1996년 제주도 명예시민증 받음. 온겨레시조짓기추진회 회장.

1997년 서울시 관악구 남현동 1022– 27 미성연립 101호로 돌아옴.

1998년 동시조집 『엄마 목소리』(토방) 출간.

2000년 제2회 만해시문학상 수상. 우리시대 현대시조 100인선 『세월이 무엇입니까』(태학사) 출간. 고향마을(봉계) 동구에 시비(고향 가는 길)가 건립됨.

2001년 제11시집 『이승의 등불』(토방) 출간.
제12시집 『세월이 무엇입니까』 출간.

2003년 일기초『하늘 구만 리』 출간.
한국 근·현대 예술사 증언 채록 완료(문예진흥원).

2004년 서간집『기러기 엽신葉信』 출간.
제1회 육사시문학상 수상.

2005년 제13시집『내 손녀 연정然奵에게』(고요아침) 출간.

2005년 직지사 경내에서 백수전국시조백일장이 개최됨.

2006년 백수 정완영 시조전집『노래는 아직 남아』(토방) 출간.

2007년 유심특별상 수상.

2008년 고향 김천에 <백수문학관>이 건립됨.

2009년 제1회 백수문학제가 직지사에서 열림.

2010년 제14시집『구름 산방山房』(황금알) 출간.

2011년 제15시집『시암詩菴의 봄』(황금알) 출간.

2011년 제16시집『세월이 무엇입니까』(황금알) 출간.

2012년 제2회 이설주문학상 수상.

〚한국대표명시선100〛을 펴내며

한국 현대시 100년의 금자탑은 장엄하다. 오랜 역사와 더불어 꽃피워온 얼·말·글의 새벽을 열었고 외세의 침략으로 역경과 수난 속에서도 모국어의 활화산은 더욱 불길을 뿜어 세계문학 속에 한국시의 참모습을 드러내게 되었다.

이 나라는 글의 나라였고 이 겨레는 시의 겨레였다. 글로 사직을 지키고 시로 살림하며 노래로 산과 물을 감싸왔다. 오늘 높아져 가는 겨레의 위상과 자존의 바탕에도 모국어의 위대한 용암이 들끓고 있음이다.

이제 우리는 이 땅의 시인들이 척박한 시대를 피땀으로 경작해온 풍성한 시의 수확을 먼 미래의 자손들에게까지 누리고 살 양식으로 공급하는 곳간을 여는 일에 나서야 할 때임을 깨닫고 서두르는 것이다.

일찍이 만해는 「님의 침묵」으로 빼앗긴 나라를 되찾고 잃어가는 민족정신을 일으켜 세우는 밑거름으로 삼았으며 그 기룸의 뜻은 높은 뫼로 솟아오르고 너른 바다로 뻗어 나가고 있다.

만해가 시를 최초로 활자화한 것은 옥중시 「무궁화를 심고자」(≪개벽≫ 27호 1922. 9)였다. 만해사상실천선양회는 그 아흔 돌을 맞아 만해의 시정신을 기리는 일의 하나로 '한국대표명시선100'을 펴내게 된 것이다.

이로써 시인들은 더욱 붓을 가다듬어 후세에 길이 남을 명편들을 낳는 일에 나서게 될 것이고, 이 겨레는 이 크나큰 모국어의 축복을 길이 가슴에 새겨나갈 것이나.

만해사상실천선양회

한국대표명시선100 | **정 완 영**

청산아 너는 왜 말이 없이

1판1쇄 인쇄 2013년 7월 1일
1판1쇄 발행 2013년 7월 5일

지 은 이 정 완 영
뽑 은 이 만해사상실천선양회
펴 낸 이 이 창 섭
펴 낸 곳 시인생각
등록번호 제2012-000007호(2012.7.6)
주 소 경기도 양평군 옥천면 고읍로 164
㊐476-832
전 화 (031)955-4961
팩 스 (031)955-4960
홈페이지 http://www.dhmunhak.com
이 메 일 lkb4000@hanmail.net

값 6,000원

ISBN 978-89-98047-54-2 03810

※ 이 책은 만해사상실천선양회의 지원으로 간행되었습니다.